AF346468

MASCARILLE

JEAN AICARD

MASCARILLE

A-PROPOS EN VERS

POUR

L'ANNIVERSAIRE DE MOLIÈRE

Dit à la Comédie-Française, par Coquelin aîné,
le 15 janvier 1873.

PARIS

ALPHONSE LEMERRE, ÉDITEUR

PASSAGE CHOISEUL, 27-29

MDCCCLXXIII

A

COQUELIN AINÉ

de la Comédie-Française,

A L'ÉTINCELANT MASCARILLE DE L'ÉTOURDI

CES VERS SONT DÉDIÉS.

J. A.

MASCARILLE

MASCARILLE.

Savez-vous bien d'où moi, Mascarille, aujourd'hui
J'arrive? — De l'Olympe! — En vérité? — Mais oui,
Car Jupiter, voulant, par un royal caprice,
Que l'Olympe, en l'honneur de Molière, applaudisse
Une pièce du maître, a, d'un geste, évoqué
Un éclatant décor auquel rien n'a manqué,
Et nous a fait donner *Amphitryon* qu'il aime;
Chaque dieu qu'on y voit s'interprétait soi-même :
Jupiter s'est joué, ma foi, divinement!
Et Mercure et la Nuit!... Mais Sosie, au moment

D'entrer en scène, fut trouvé soûl d'ambroisie,
Je tins donc, le sachant, le rôle de Sosie.

Molière regardait avec les autres dieux.

J'eus un grand succès : Mars perdit son sérieux ;
Et Vénus se penchait, rieuse et familière,
Vers Apollon, afin de regarder Molière ;
Et, d'échos en échos, sur les divins sommets
Le rire olympien ne retentit jamais
Plus bruyant qu'en ce jour de joie où notre verve
A désarmé jusqu'à l'impassible Minerve...
Aujourd'hui j'ai vu rire un parterre de dieux !

Après la pièce et ce succès prodigieux,
Nous, les créations vivantes du poëte,
Sommes allés lui dire un compliment de fête
Mêlé, comme il convient, des nouvelles du jour.

Je viens de ma visite, et, sachant votre amour
Pour Molière, en détail il faut que je la conte.

Nous étions tous présents, tous : Harpagon, Géronte,
Tartufe, Alceste, et moi Mascarille, Jourdain,
Sganarelle suivi de ce pauvre Dandin,
Sosie, Amphitryon, puis... la troupe inhumaine
De nos femmes, ayant en tête Célimène.

Molière : « Contez-moi des nouvelles, amis...
Causons, puisque des dieux indulgents l'ont permis. »

Alceste là-dessus :

                    « En dépit de Voltaire
Et de Rousseau, tout s'est encor gâté sur terre! »
Dit-il, et l'on riait de sa mine, mais lui :
« Hélas! la médecine a deux camps aujourd'hui,
Et, que par l'une ou l'autre ordonnance on s'en aille,
Tout un corps de docteurs s'applaudit et vous raille :
On est entre deux feux croisés de médecins!
Tartuffe voile encor du mouchoir deux beaux seins,
Et chiffonne à son gré la jupe des Elmire!
Trissotin a fondé des journaux! qu'on admire!
Vadius y répand sa bile et son savoir...
Que de maris... Dandins, qui ne veulent rien voir!

Tout n'a fait qu'empirer, apprends où nous en sommes,
Et la race a triplé des Bourgeois gentilshommes !...

« Que n'es-tu là, Molière ! Ardent, le verbe haut,
Tu nous gourmanderais nos neveux comme il faut ;
Tu leur dirais : Cherchez un exemple en arrière !
Et tu ne rirais plus, ô génie, ô Molière ! »

Et moi, ne songeant plus à la grandeur du lieu,
Ni que Molière était présent, et qu'il est dieu :

« Ce n'est pas là montrer la véritable étoffe
D'un ami de Molière et d'un bon philosophe,
Criai-je ; oui, le monde est fort triste en effet,
Mais le maître l'a dit : l'homme n'est pas parfait !
Voyez-vous, j'ai connu Molière en sa jeunesse ;
Quand je lui vins en tête, il traduisait Lucrèce,
Et dès lors nous jouions ensemble *l'Étourdi* ;
Avec lui, j'écoutais disserter Gassendi...
Certes ! ce siècle prête à la sombre satire ;
Soit ; mais Molière encore y trouverait à rire.

Son style résolu, ferme, flexible et sûr,
Est une fine épée en acier clair et pur;
Lucrèce en a fourbi la lame bien trempée;
Et, s'escrimant du plat de cette bonne épée,
Molière encor rirait à cœur joie aujourd'hui,
Et tout Paris, battu, s'égaîrait avec lui ! »

Molière souriant m'encourageait du geste...

« Et pourtant ! reprenait l'impatient Alceste,
Je dis que tout s'est fait plus honteux et plus bas :
Que ce monde se meurt et qu'il ne le sent pas!
Et que la France, afin de confondre l'histoire... »

Mais moi, l'interrompant :

                    « Molière, apprends ta gloire!
Oui, ton peuple a souffert; mais, tout pleurant encor,
En foule il veut revoir ta muse aux grelots d'or;

Son génie a dormi : ton rire le réveille,
Vibrant comme l'airain des grands vers de Corneille !

« Ennemi du mensonge, ô poëte profond,
O toi qui, soulevant ton masque de bouffon,
Me laissas voir tes yeux qui pleurent en silence,
Salut, gloire immortelle ! O gaîté de la France !
Ton peuple est consolé quand tu parles ; il sent
Qu'un peuple dont tu sors est vivace et puissant,
Et qu'il est malaisé d'éteindre la lumière
Qui couronne à jamais la France de Molière ! »

Le maître m'écoutait parler, et dans son œil
Étincelait un feu de génie et d'orgueil.

« Eh quoi ! dit-il enfin, aux heures de souffrance,
Mon œuvre a pu servir à consoler la France ?...
Tu m'es cher, Mascarille, ainsi qu'un premier-né,
Et c'est à toi, je m'en souviens, que j'ai donné
Ma jeunesse d'esprit en sa verdeur première.

Va donc, mon fils, va dire au peuple de Molière,
Sur ce théâtre illustre où tu seras ce soir,
Comment les dieux nous ont permis de nous revoir.....
Comment ici j'ai cru que le courant des âges
De la mémoire humaine éloignait mes ouvrages,
Et que par toi j'ai su leur immortalité !...

« Quoi qu'Alceste en dit, si mon œuvre est resté,
C'est que l'homme toujours est semblable à lui-même :
Ni pire, ni meilleur, il vit, il souffre, il aime !
L'esprit change ; le cœur n'a que de vieux secrets ;
Le cœur est éternel et n'a pas de progrès !

« Mascarille, va dire à ma race française
Que son amour constant me fait tressaillir d'aise,
Et que rien n'est perdu des vigueurs d'autrefois
S'ils n'ont pas désappris mon vieux rire gaulois ;
Car le rire, inconnu des faiblesses chagrines,
Le rire, à coups pressés secouant les poitrines,
Prouve qu'un homme est fort et qu'un monde est vivant !

« Dis-leur cela ; dis-leur que désormais, souvent,

Attentif et ravi, j'écouterai, pareilles
Au bruit charmant que fait l'Hymette plein d'abeilles,
Les lointaines rumeurs de l'applaudissement.

« Vas, et leur dis ma joie et mon remercîment. »

Alceste veut répondre... On en rit; Il hésite...
Et moi, je suis venu vous conter ma visite.

IMPRIMÉ PAR J. CLAYE

LE 15 JANVIER 1873

POUR

A. LEMERRE, LIBRAIRE

A PARIS